U0060419

這個世界歸功於你

Ean 連苡安／著

這個世界歸功於你　／　EAN 連苡安

2

4

目錄

9

序文

人生走在叢林總是小心翼翼

每個階段 每個時期 扮演不同角色

擁抱不一樣體驗 關注不一樣情緒

誰替你瞻前顧後成為你的樂園

誰在你身後享受一個人無糖黑咖啡

我們都在尋找為你且慢的影子

等待執子之手牽起的溫度

這些日子依舊用自己浪漫繼續過生活

第 一 章
逆風的小孩

「生活總在催促你在狂風裡奔跑」

「一個人時候只能在大雨中呼喊」

你問我什麼是黑夜？小時候的我總喜歡貼上夜光星星貼紙，將空間都布滿。喃喃自語便說著：你在哪裡呀？

我還記得那個晚上風雨交加，連帶雷聲的回應，時間走的很緩慢……今天的你還沒回家。我獨自躲在角落數星星，因為我怕黑，還有怒吼的雷聲。以及清晰的心跳聲……

畫面回溯到幼兒時期，剛學走路的我，不到兩歲就走得特別快。妳總是在後面追趕我，我越調皮妳越一個不注意，撲通的從樓梯滾了又滾，妳急忙衝下樓，我眼睜睜看了四周最後開懷大笑便說著好好玩 再一次。

　　妳心想：完蛋了！這下子會不會變啪袋……好好玩……

　　我以爲我會到醫院縫上血流如注的傷口，而妳用紙巾擦了擦我的堅強。

　　至今我額頭還留下當初太調皮印記。

　　每當問起妳總說我看你笑得樂開懷感覺沒事！

　　我卻激動回應：難道妳都不會怕我秀逗？還是腦袋撞壞嗎！

你輕輕說：不會啊！妳常常在練鐵頭功……

後來每一天我都在洗衣機渡過，等待妳煮飯幾個小時，那時候我開始學會什麼叫自娛娛人。一個娃娃就足矣。

妳總說我小時候最好帶了，從來沒哭過，不哭不鬧很安穩。只會說「好」然後眼睛揉了揉笑了又笑。每當下雨天妳穿著雨衣背著我，接送我上下學，又或者一隻手撐著雨傘一邊手支撐著我的重量。

我都會故意跟妳說腳好痠「背背」，假裝閉上眼睛站在原地。

你也甘願背著我走幾段路。

臉貼在你身體溫度，嘴裡含著草莓牛奶口味棒棒糖。還能感覺的到你心跳聲。偷偷裝睡一下子，快到幼稚園我急忙從你身體上跳了下來，不讓老師看到覺得羞羞臉。

時間日復一日年復一年……

…………

入小學第一天，剛與妳離別，我獨自躲在廁所偷哭。現在仔細想想原來這就是害怕離別感覺，以及怕失去的感受。只是到現在妳都不會知道……不知道我說不出能不能不要走我怕我會淚流……妳說你要回去囉，我只輕輕回聲好……

面對最愛的人，越真心的話總是藏得特別深。時間一到我便是坐在樓梯口看看妳，叫叫妳。

妳問我怎麼不繼續睡，還沒八點鐘妳泡了牛奶，繼續把我哄睡了。

妳的辛苦，像是按了靜音。

拉把妳五個弟弟、還有十個小孩姑姑爸爸叔叔以及我和姊姊……

入小學兩個禮拜，我說：阿嬤阿嬤！我已經長大了，以後我自己上學，隔天開始，你幫我準備我愛的肉鬆麵包還有光泉牛奶。

只因爲同學說我媽媽好老就像老太婆。後來每天距離學校不到一公里，我總是在追趕著太陽朝夕撐著傘踩過雨坑，跑得飛快。

　　長大以後我常常思考，以前男尊女卑時代，面對阿公大男人主義，阿嬤你怎麼受得了和阿公一起打拼日子，也要接受外面女人與你分享。我甚至比你還激動……

　　你卻輕輕說：如果我走了，你們這些小孩怎麼辦？

　　　以前的人嫁雞隨雞 嫁狗隨狗
　　　再苦都出自於甘願走向終點

第二章
你的天空

「嘿 你的天空是什麼樣子？」

「我想是烙印各種喜怒哀樂依舊覺得明天還很美好」

2019 年 8 月有著世界之肺之稱的「亞馬遜雨林」燃起大火。

平均每分鐘燒掉 1.5 座足球場，持續三個禮拜，裡頭有數以百萬、無奇不有動植物。也是人類最需要的氧氣供養地。

2020 澳洲大火，蔓延四個多月。奪走 10 億隻動植物，救護人員也在大火

中不幸喪命，看到許多動物死裡逃生、驚慌亂竄。無家可歸的牠們，渴望一場雨能夠澆熄黑暗中恐懼，獲得重生。

說到這裡，眼淚不經感嘆，要有多大毅力與克服恐懼勇氣，才能不顧一切往前跑。偏偏牠們沒有人類思維在運轉，只知道死裡求生，不斷發出哀嚎警訊⋯⋯

或許對他們而言那就是家，一個裝滿愛與溫暖習以為常的避風港，彼此是彼此容身之處。

19

這個世界很大，大到每個人都在命運上做賭注；世間燈火，轉瞬歲月就到盡頭。今生留下便是走過的記憶……
我想是這樣……

小時候家裡常找不到我，已經養成自然而然的事，知道我會突然消失又會突然出現。每次問我去哪裡？總是嚇破你們嘗膽那麼遠還敢一個人去，各種無止盡擔憂再擔憂。

還記得三、四歲時候，妳說有一天我不見了，家裡的人很驚慌。後來我跑去土地公電子花車上跳舞，傍晚我又自己跑回去。

20

你有想過未來你會在哪裡嗎？會成為
自己想成為的那個人嗎？我總是把還沒發
生的事複習一遍又一遍……想了一輪又一
輪……

十年前的我或許會說做一個漂泊四
海哪裡都是家的浪人；一個漫遊世間
總在不斷尋找屬於自己棲息地方的旅人。
十年後的今天我會說依舊對這世界保
持熱情，尋覓每份世界角落，做一個能讓
他人到達彼岸的擺渡人，一個崇尚陽光照
亮他人黑色背後，挖掘美好過程的凡人。
裝滿各種內心就是靠岸的歸宿，不管我在
哪裡家就會在哪裡。

在把真心交出給世界時候，有突如其來驚喜；我總是告訴自己不要對世界失去探索欲，追求過後才知道，每一步跨越、嘗試都是挑戰自己把不可能變成屬於自己的天空。過程中許多話留在心坎卻提醒我下一站更美好。

把心層層分析，或許這是沒有安全感體現，對未來迷惑、對夢想渴望卻在未知裡迷路。我們有很多夢想，我們都想一一去實現，並且成就它。在與時間搏鬥，看著家人和歲月漸漸流逝，壓力有如腎上腺素提醒腳步，我提醒自己要不顧一切往前跑，時間不多了。

在大人眼裡，不管你活到幾歲，始終
都是小孩，妳總是說不求我大富大貴不需
要多有成就、不要學
壞、不要想那麼多
就好。在未知藍
圖裡，家人就像
一塊塊拼圖，拼湊
每一個美夢。陪著
向前，未來如此漫長，讓我完成我們人生
裡最重要的版圖。

第三章
親愛的這不是道別

「愛到沒有遺憾終究可以笑著揮手說再見」

「來日方長有緣我們會再相見」

啪啪啪！開門！我的鞋咧？死崽仔，我去拿雞毛撢子， (開始上演你追我跑戲碼。)

你們倆！不要再跑！吵死了！

他總是欺負妳，我總是想惡整你幾回合。不到關頭不回頭！

那年我 7 歲，在我記憶我總是很怕你又很愛逗逗你。

你總是茶來伸手飯來張口，像個大爺，把你服侍的好好的。但你的眞心話總是成爲悄悄話……沒有人會知道你在想什麼。

把你鎖在廁所是家常便飯、把你鞋藏起來也理所當然。

簡單一句：來打我啊！笨蛋！也不爲過……但怎麼你離開第七天，我是全家裡哭最慘的那一個。這份感情很生疏，沒有太多留下的痕跡，你卻匆匆忙忙不再欺負我們了。

叮～喂～鄭先生這裡是醫院

你爸爸可能差不多了，要不要請家屬接他回去。

妹妹（輕輕搖醒我）阿公走了……

那時我不明白是什麼意思，只知道你可能出去玩，當下我沒有哭。

你依然固執，到家裡才肯閉眼。

第一次嘗試折紙元寶折成紙飛機，紙蓮花上畫很多愛心星星符號想送給你，卻被打了很多次手也都獻給你。

送你走得那一天，姑姑們哭的很感傷，都在地上爬。明明這是你最開心時候，為什麼大家都要哭。我才恍然明白，是不是一輩子都不會再見你了，於是我躲在六姑姑懷抱裡哭成孝女哭得撕心裂肺。

你知道嗎，阿嬤卻連一滴眼淚都沒有流。當時我覺得阿嬤一定心想……

終於解脫！後來問起妳總說人走了就走了，沒有什麼好難過。每當忌日你還是會為阿公準備很豐盛料理，以及他最愛的炒米粉。那時我還小還不懂事，我說阿公都走了哪吃得到！

飯只要一上桌我就是搶第一口。

妳總是罵我，阿公要先吃。

或許這是你們之間默契連句再見都不說。即便最後分道揚鑣依然有人把你放心上。

現在的我會跟你說：兔崽仔我們一起吃吧！（聖笈）

阿嬤你有想過人死後會到哪裡嗎？會
去見佛祖，也會到天堂報到。
今生做太多壞事會下地獄，會找閻羅
王。
那阿公會在哪裡？阿公對你那麼壞，
他現在被拔舌頭吧？那你怕死嗎？
妳不言不語輕輕微微一笑，早已看淡
世間百態，從容面對生離死別。

在妳臉龐我看見不僅僅歲月痕跡，還
有心乘載無法自拔憔悴，僅存微不足道，
也想找到破釜沉舟活下去勇氣。自始至終
「妳笑起來真的好美。」

釋迦摩尼說：所有相遇都是三生石上舊夢前緣，久別重逢都是前世慈悲種下的善果。有緣再難也會向你趕來；再遠也會跋山涉水來到你的世界，飄洋過海只為見你一面。

冥冥之中自有安排，偶然相遇，暮然回首，便註定了一生。

所有等待都是為了一場遇見，我問每對周遭朋友，今生為什麼會娶她/他，嫁給他/她，你們不約而同說著，對的人會讓你知道。

第四章
聽愛情敲敲門

「慢熱的人會在心裡停留很久」

「漸漸靠近冷冷防備慢慢主動遠遠退縮」

愛這個字在書裡找不到可以代表我的詞彙，但總有幾句能勾起我往下讀的字眼。

故事還沒結尾總是期待下一章節再說，我眼看著傷痕累累兩人相擁潸然淚下，我問你愛情的終點是什麼？竟然相愛的兩人為什麼分開？

這樣不是太悲傷了嗎！你輕輕說道：時間小心翼翼告訴我未完待續。

我笑著笑：我知道有些時候只是自欺欺人，故事還沒開始早有預備散場悲歡離合，愛情靜悄悄說聲歡迎光臨！

　　愛情的模樣是沒有雜質的純粹，天眞無邪兩個人爲彼此義無反顧，我愛你是我給你的承諾，說了就是一輩子。

　　小魚在演講上因爲朋友介紹認識大象先生，彼此來電當朋友半年至一年，小魚沒有幻想過兩個人模樣，對於大象先生每一封來信、邀約都不爲所動，在大象先生眼裡根本目中無人。有天大象先生一等就是 9 個小時……那年大象先生在西門町巷子更認眞自我介紹，更認眞說明家庭背景。

在炙熱眼裡，沒有多餘掙扎，只有誠懇的微風吹動你有很多想對小魚說的細水長流。以及每一天的早安晚安。

　　大象先生突然吻了小魚，這個一吻兩個人的愛情從此以結婚為前提開始……

　　心裡那份悸動有如盛開玫瑰花，彼此沒什麼熱戀期，很快就進入同居模式。也很快的成為老夫老妻。

　　這些日子該發生該面對，兩個人很努力攜手去創造每一份藍圖一走就是好幾個年頭……

那個時候對於他們來說愛情最美好模樣或許是兩個人擁抱過幻想，哭到不是自己彼此經歷四季冷暖依然心疼對方。一起到過屬於他們留下的地標互許過終生。

　　小魚：不論生老病死、貧賤富貴，我願意跟你一起面對人生大起大落，不離不棄依然成爲你太太。

　　大象先生：在我心裡你早就是我的老婆。

　　很多事情一瞬間就成了定局，是定論了太早還是結局寫的太快，最終他們沒有登記領證，只留下彼此到過彼此世界，證明自己來過的痕跡。

世上有三種東西是藏不住，一是：耐人尋味的情緒總是在深夜與你打交道；

　　二是：習慣已久的記憶在腦海揮之不去；三是：壓抑許久的睡意撲面而來。

　　戀愛的感覺有酸甜也有苦辣，是喜怒是哀樂是柴米油鹽醬醋醋醋茶總和。年輕時總覺得 0.5+0.5=1 才是完整的你和我，因為我們是同個靈魂合而為一，只為彼此放下原則和底線。

　　了了相逢難以忘記安全感，冷風吹散黎明指尖，困在漫長告別遺憾揮手空間。

　　愛漸漸落下一片葉是我太過關注；從前那張照片重播每份孤單；還有你存在的牽掛。

了了淡寫從前丟失的答案，倘若世界渺茫；是我太過期盼突如其來燭光晚餐，笑容裡的自然；生活背對著光在你身後顏色黯淡回應好聚好散。

　　曾經太過鋒利看淡回頭看，分開以後走在不同兩端，最深愛的人留給你最深刻紀念品。
　　雙方名字也絕口不提，留存在心裡假裝成自然，畢竟深愛過什麼時候成為不願公開的祕密？

　　你問我什麼是真愛？無論何時何地生老病死，在不慌不忙裡讓彼此互動健康，不再害怕深陷泥沼中的自己；不再因為過往波及對愛的憧憬，因為相信所以看見，在彼此眼裡都是最好的，就叫真愛。

第五章
我很努力記得每個樣子

「你就像天空星星在迷路在漆黑點燃我心
中光芒」

「我看見的那個你外頭風雨未知恐懼指引
我因你而閃耀」

　　我一個人走過的記憶，體驗世間無常
愛與被愛，今生修煉沒有答案的問題，放
下不該執著的悲哀，有些事越想忘記越是
清晰。眼淚懂事以後，才知道被你深愛的
我，是真的幸福過。你不在的日子有沒有
人把你放心上？

高中讀女校期間，當時我很幸運，遇到視我為女兒的班導師。非常疼愛我。應該說他對每個人都當珍寶。

　　離開校園不到三年期間聽說你腦溢血離開了，當下我傳了臉書訊息一長串的不捨、懊悔、思念以及感恩的話給你，在我離開學校後就再也沒有回去，當我要回去時候，與你天人永隔。

　　這個班非常不好帶，很叛逆。叛逆到每天應到人數都是缺席一半以上。

你總是包容我們，視而不見每份過錯。甚至學期成績都是給我們優等，我們請假，你都是無條件批准，不會過問太多原因……

　　有太多太多包庇藏匿在如你口中對小孩們的愛……人生能夠遇到一個那麼好的導師，何德何能何其有幸。

　　PP 是我在女校結交到第一個朋友。我們常常跑到牛乳大王鬼混，假日一起逛街，漸漸的我們關係如同家人。
　　隨便在我家大字躺，想來就來想走就走，你就像行走鬧鐘，訊息找不到人，就跑來我家叫我起床。

我們對彼此絲毫沒有一點隱瞞，在外人眼裡我們就像同性戀，或許這是友情最高境界。彼此家人都習慣你我存在。

　　有天你叫我 cosplay，戴上金絲貓長30公分假髮穿上 Ed Hardy 緊身黑色長裙外套，我以為你很好心要幫我相親（喂～）殊不知要跟你一起去抓你的男朋友！抓姦！沒錯！就是抓姦！
　　我們到了埋伏地點，耗盡將近兩、三個小時，獵物出現！
　　你往前飛撲。情緒難掩的你，我氣一個衝向前臭罵了他一頓。

看見他囂張表情也眞是挺讓人氣憤！不爭氣的你，還是和好如初，我和妳說，你快樂就好，受傷還有我陪你。手寫的每本日記、紙條、抹不去的關於，都留在高中青春裡。

　　第一次一起到香港飛機延誤幾個航班，人生地不熟，我們一路跌跌撞撞。

　　每個節日、每趟旅行、所有日子都第一個想與對方分享，彼此受的傷，都有你我替對方堅強，彼此的笑容都有你我替對方鼓掌。

　　哪怕受傷當時的我們都不覺得孤單，所有付出都不計較得失，只因爲太過珍惜對方。

青澀的回憶有你在我腦海，是一件很
滿足且感恩的事。

長大後眼看著彼此漸行漸遠，你說我
變了，變得沒那麼在乎你、變得守時的我
沒那麼盡心、變得對你態度忽冷忽熱。

或許感情再深，不去呵
護，慢慢就淡了，許多熟悉
事物，不去回味，漸漸就忘
　　　了，我們都不曾

　　改變，變得是我們都再長大，
　　可記憶卻一天天滋長……

後來聽你說要到日本生活，有不錯的日商工作，往後可能定居在那裡。

　　我們互道感恩、最後一次暢談，娓娓道來每個曾經，訊息停留在 5/4：遲來的生日，祝福你生日快樂，希望你一切都好。我們就再也沒有向彼此寒暄，或許默默看著彼此好，都是一種給予溫柔的祝福。

　　致青春：謝謝來過我生命的你/妳，是長遠、是短暫，都曾照亮我心中方向，奮不顧身朝向彼此心之所向。我們都開始新的生活。不管在哪裡。都曾是彼此最美好的風景。

　　如果再相遇，也依然如初。

第六章
不褪

「不褪的是你身上帶著傷依然成為我們的
光」

「不褪的是你骨子裡傲氣對於現實不投降」

　　我們家族遺傳病史是腸胃疾病。2021
年尾至今，你很勇敢。也很不幸你的姊
姊，也就是我四姑姑在 2019 年大腸癌逝
世。
　　2021 九月我拖著你就診，在這之前，
我發現你的血便很不正常。基於你的面
子，我一切裝不知道，只能在平常督促你
吃水果、運動、多喝水。

我知道鐵齒的你，不見棺材不掉淚。
那天下午你說肚子怪怪非得說痔瘡發作，
肚子悶痛卻說可能腸胃炎。其實我心裡明
白你已經不能再忍，我跟你說就今天晚上
我陪你去看醫生。你依然說明後天。我堅
　　決說不行！明後天我沒空。
　　進去門診 30 分鐘，你的眼神充滿了傷
痕，撫觸沉靜無雜淚水卻又不失倔強。

　　醫生很直白說著你爸爸直腸癌，我接
觸病人那麼多，我敢保證。剛剛幫他觸診
腫瘤已經很大很硬，醫生問你這個肚子很
痛，感覺忍很久了，你硬要說：不會呀！
　　哪裡痛。

醫生畫了一張肚子圖案治療方案，輕
輕說著：我很多病人都康復，不用想太
多。

那個晚上我們說好暫時只有我們知
道，萬一怎麼了不要跟阿嬤講，就說去南
部玩。我壓抑著情緒，心情五味雜陳，參
雜阿嬤知道情緒、腦補很多捨不得和心疼
以及失去……我眼看你們都睡了，我才敢
哭出聲。

無數夜晚徹夜難眠，天亮了，依舊保
持若無其事。就算天色黃昏也在等，喚醒
孤身就像一場絢麗豔陽。

一路從放射化療到住院開刀，再到化
療住院開刀至今。無聲的陪伴是我能給你
最大安慰和支持。在你願意開口之前，我
會替你堅強。每當逗逗妳，和妳撒嬌，安
撫妳不要擔心只是痔瘡，我的眼淚就在眼
眶打轉。也非得要說著鼻子好癢怎麼又過
敏了。

　　放射治療結束一個多月，第一次開刀
入院前三天，你終於向阿嬤、叔叔坦承你
得癌症這件事。我能看得出你們心裡如此
悲傷。只是大家都不願表現出來，談話中
沒有過多關心，也沒有多餘情緒，放不下
的只會顯得更加不安。我只輕輕說道：科
學發達，不用想太多。

入院第二個晚上，我一個人聽了[太陽]還有[眞的傻]，突如其來淚如雨下，明明沒什麼關聯卻被情緒煽動帶了走，挑撥了心弦。「追逐眼前不斷消失的背影，我觸不到的距離，可是你的步伐快到我已經追不上……」

　　那天後我沒有再因爲你生病的事而哭泣，因爲我們都走在努力道路上。

　　入院當天，我沒有跟你道別也沒有說再見，我知道你很快就會回來。

　　你依然瀟灑頭也不回轉身就走，只和我說照顧好阿嬤。

分別後的幾個星期，經歷手術十幾個小時，你開始過上了造口袋生活，醫生說你很幸運不用裝永久。從失去尊嚴無法自理，心態、身體逐漸好轉至今，我備感窩心。

　　這一路有煎熬也有不堪的心情，這些日子恍如昨天，一扎眼兩年多過去了，還能看到你，真好。

　　令你失去靈魂的動魄，舔舐傷口不忘堅強，逆鱗之上划破浪，手依然握著剛強。

你從未去過醫院，以前你常常說有病的人才看醫生。或許這場病讓你更重視自己健康，變得愛喝水愛吃水果以及更養身且善待自己身體。

　　是你走過洶湧化作一縷光，踏在黎明破曉豎起鞋和你目光，大膽放肆狂妄，寧願驕傲受傷也不願低頭；是你走過海市深秋一縷光，逆風覺醒不熄燈火去猖狂，命運相逢你是主角。

　　人生路上跌宕起伏，小時候我總是很怕你，彼此話不多，你又顯得沉默。我們能說到的話屈指可數，我總是把愛表達在每個節日想對你說的禮物和卡片上，長大後你第一次說生女兒好，女兒比較貼心。

我始終知道：身為爸爸或許沒有好聽話，卻是最捨不得你。對你的愛或許不夠走心，一個人默默為你做了許多刻骨銘心的事，遠遠思念，默背你的名字無數次。

　　思念很長，一想就是一輩子。

第七章
且慢

「慢慢等待日落不再錯過彼此的路」

「慢慢停留在時間擦去臉上皺痕」

　　所有關係都需要時間去驗證。不管是朋友還是情人，時間會留下最後答案。
　　我們都是一個很被動的人，也很慢熱，能走進心裡寥寥可數。也因為寥寥可數，卻走得細水長流。有人說會有一些新朋友來到你的世界，也會有人離開你的生活。像你來到我世界，從沒想過有天會失去你。因為我們都曾失去太多，心裡容納的人有限。

我們總是在交付眞心時小心翼翼，因爲怕被看穿自己心思，怕他人看見自己懦弱而嘲笑。怕一旦付出就會被辜負，怕會被踐踏被利用。因爲怕失去，從此就不存在自己世界。

因爲我們怕的事情很多、總是想得太多，導致我們無法在別人眼裡眞實做自己。框架在社會貼上的標籤：我們不能坦承表露自己聲音；在外要隱藏自己；我們不能對人太好會被拿捏

等等……

心裡簡單的人越容易快樂，他們因相遇而知足，因得來不易而幸福。越害怕什麼，越要去突破什麼。我是一個怕高的人，玩過笨豬跳後，從此就不再怕高了。

我稱它爲「笨豬效應」

意外成爲我人生最深刻的記憶，每當想起都值得我去回憶。我告訴自己恐懼是我想像出來，當我一躍而下那刻，我才知道自己無所不能。戰勝恐懼才能讓自己無所畏懼。

　　恐懼迎面而來澆熄我們心中的光，面向心中的黑，那束光卻將日子照亮成全新且完整的你。餘生很短，要好好善待能夠在愛的時光，就算最後是失去，也不算虧待期盼裡的旅程，總有人會接住眞實坦然的你。

盡情享受舒服的自己。對於凡事都得把一件事想的透徹年代，還有人願意把你放心上，就值得感恩了。開始一段感情，很難。難在要不斷重新自我介紹，從陌生、熟悉、適應、了解
需要花很多時間精力去磨合。

認識一個人很簡單，簡單在你願不願意讓他人進入我們的世界，我們願不願意相信自己、信任自己值得被愛被接受那刻開始。

雙向奔赴是感情穩定劑，所有感情有被在乎有被回應有被放心上，你來我往的關注，是兩個人故事的延續。

因爲我們都曾受過傷，我們願意成爲大雨過後，爲他人撐起傘的人，相遇的過程很美好，我們都在燈火闌珊下照亮他人的歸宿。

所有關係慢慢是我給你的溫柔，在不疾不徐日子裡，我們慢慢學會擁抱。

慢慢的我想告訴你感人肺腑眞心話，我想和你一起看著日出等雨停；我想和你一起望著天空數繁星；我想和你一起聊著很久的我們。

慢慢等待日落；不再錯過彼此的路，不再牽起手又放。慢慢停留在時間；將白髮給染色，擦去臉上的皺痕。

慢慢的我想告訴你掏心掏肺的祕密
我想和你一起穿越大街小巷。我想和你一
起和時間賽跑；我想和你一起渡過未完成
的；慢慢在大雨滂沱夜晚等待黎明昇起；
慢慢在眼淚滲透的衣裳試著擁入懷抱。

「慢慢為專一找一份快樂的代名詞；慢慢
為動人的情緒從無話可說到無話不談；慢
慢是我們久處不厭的享受。」

第八章
婚姻上的地圖

「婚姻是場探索未知旅程」

「不管到哪裡都有你的名字。」

上輩子回眸五百次，今生才有所相遇。人與人之間，靠的是緣分，如果有緣，我們自然走在一起，如果彼此緣分夠深，那今生我們一起走，爲你我修成正果。

我曾有個夢，應該說女孩子都這麼想。嫁給自己白馬王子，生兒育女共組家庭。這個美夢在我周遭親友發生，他們總說：不要太早結婚會後悔！玩別人小孩就好！

當時我認為早點生小孩很好啊！我多希望跟自己小孩當姐妹當朋友，最好年紀不要差太多。我又特別愛小孩。隨著年齡增長，想法一年一年再改變，從結婚主義走到不婚主義從想生小孩到可有可無。至今沒有一個定論，而我教給老天安排，或許他最清楚，什麼是最適合我，我不再強求。

　　有一天和叔叔聊天，他有個交往多年女朋友，少說也有十年以上，他們的關係保持在[玩伴]，彼此沒有一張紙的束縛，每當週末、逢年過節都相約出去玩。或許對他們而言這就是一輩子。

後來堂哥和我說，他和女朋友在一起也十年有了，這陣子有結婚想法。他說了一句話觸動了我，他說我曾經也不想結婚，但是我知道結婚對我多麼重要，不是因為年紀，而是萬一哪天我怎麼了，我太太是最有權利簽署任何條約，包括住院開刀器官移植等等。如果她沒有名分，不幸的是我家人也怎麼了，她有多麼無能為力。

我想了想或許這就是婚姻初衷，彼此相互扶持，彼此相伴，你老了都會有我。結婚不會再找外在條件多優越，而是找相處起來最舒服，人生最痛苦的事，在不懂愛的年齡，選擇了結婚。而在懂愛的年紀，遇到不能在一起的人。

我聽說兩寶媽媽的妳，離婚了。
一個人帶小孩，很不容易。

妳以為他是最能給你幸福的人，因為太愛他，把一生都許配給了他。
妳總是說：對於愛情，沒有人可以接受離過婚的另一半，對於喪失情感信任的妳，這份波瀾時常發生，現實沒有答案，也只能嘗試安慰自己受傷靈魂。看似簡單的生活也得學會一個人完成，有些渴望控制不住，但是我只能在接受時停住，誰都不想辜負時間裡的付出和全部。

或許離過婚的人很多，但是幸福的人也很多。愛你的人會接受你的全部，一起共創屬於你們的價值，他會讓你看到希望，讓你們變得更勇敢，會讓你知道你是誰。

　　我感悟很深，我出生在單親家庭，隔代教養長大，頓時讓我想到「大齡女子」這首歌。
　　「親愛的我們誰不曾盼望有一份好歸宿，能夠直到永遠，幸福啊不會被攔阻，總有一天可以被所有人羨慕，真愛也許只是遲到一步。」

當你想清楚自己想過什麼樣子的生活在走入婚姻，後來發現好像也沒必要走到婚姻地步。老一輩年代，十八歲就生兒育女，太陽升起就工作，太陽下山就休息。生活過的純樸自然沒有太多想法和心思。

　　日子按表操課規律的在世界運轉。

　　我也曾想過與我的小孩一起穿親子裝探索世界每個角落、一起去創造更多美好可能、一起去學習彼此喜歡的事物。在這之前我必須是一個活得充沛的母親，那天到來，我會無條件賦予給他，如果沒有也會成為我一個人的滋養。

現代人總是把婚姻看得通透。或許這是很多人遲遲不敢踏出原因，可是我知道當準備好，便是一生。

世上總有你契合對象，天時地利人和——道味。最動人心弦往往不是天花亂墜的誓言，而是生活裡每份樸實無華柴米油鹽。

彼此走過喜怒無常，願意與你缺點共舞。如果說愛情是場華爾茲，我願意跟你一起共進退。

十年修得同船渡，百年修得共枕眠。婚姻是場探索未知旅程，不管到哪裡都有你的名字陪我前行。如果沒有，一個人也能單打獨鬥。

第九章
想到會需要的人

「我會像風一樣陪你自由」

「餘生安排安靜身後還有我在你左右」

很開心我們一走就是 *10* 來年，從青澀時期走到青春歲月，很剛好的國小他在我隔壁班，國中也在我隔壁班，也很剛好他家也在我隔壁班。

如今他要結婚了。結婚致詞我想了想：或許越親近的人，沒有太多感性的話。唯一一句他說：認識妳是我上輩子修來福氣。長大後彼此都在自己人生道路上追尋成熟標誌，一路跌跌撞撞磕磕碰碰。

有酸甜苦辣也有喜怒哀樂，很開心的事在我身後總有一位鄰居一位稱職的好朋友。

有一種關係是彼此心照不宣，最懂你的人，卻也是最無條件理所當然想到才會需要你的人。他知道你不會放心上，所以在你面前才可以肆無忌憚做你自己。彼此成為人生不可或缺的角色。

好朋友大概就是不計較得失，因為對方好而滿心喜悅，發自內心皆大歡心。看你出糗笑的不是自己，同時又拉把你，不願讓你太難堪。忙碌生活轉過身，都不曾離開過。

長大後對於一些感性流露、千言萬語顯得格外淡定，不是因爲冷血，而是凡事不說的太遠，收起不切實際天馬行空想像，更珍惜現在享受當下。

　　漫漫長路會碰上很多人，有的人陪你走過一段崎嶇道路、有的人陪你爬越千山萬水、有的人靜靜陪你走馬看花。也有人陪你迎向終點走向盡頭。

　　往後的日子我知道我們都會很好，
　　彼此依靠卻各自堅強。事與願違突如其來的再見也會好好用力揮手道別。願往後的日子能安好無恙一切平靜像似清澈湖水。

致存在我心裡彼此不擅長噓寒問暖依
然選擇默默關照的好友們。

　　在你們來到生命那刻 我便是感恩。

　　人家說手足情深，偏偏我們感情從小
就很淺薄。生活方式、成長環境、交友範
圍。彼此都劃不上等號。

　　血緣上我們是密不可分，即便我們都
有各自生活。

　　能說幾句話對上的頻率，少之又少甚
至也毫無關聯。

　　漸漸的……我們開始把心交給了對
方。即便今生做什麼，都打從心底為對方
驕傲，看你好，我才會好。

這樣的關係修修補補、縫了又合。

　　一個人走過翻篇的日曆，註記上永遠是我們簡單慶祝過的日子。

　　愛在心口難開，過去我們吵到翻天覆地，一鬧矛盾幾個月上下可以不聯繫。兄弟姐妹上一秒吵架很正常，下一秒我們卻都是最心軟那一個。

　　塵世喧囂，還有彼此笑著點亮黑夜一盞燭光。

　　就讓愛流淌在光陰裡用時間去說明
　　成為最執著的風景

第十章
從前刺蝟在想念

「我們都是傷痕累累後開始保持距離」

「想念成爲最無聲的告白」

踏入社會只爲給生活添上完美符號，到底哪裡才算是靠岸。

柴米油鹽跟著按表算，日子平凡無奇卻眞實存在。我想我們都一樣。不顧一切往反方向走去，都在尋找勇氣。

當你問我明天會是如何？那個夜晚我比誰都還要害怕，天空很大，大到只能躲在肩膀哽著淚哭泣。

這個城市太匆忙，不停歇的是我們雙腳永不妥協。

　　越是長大越明白，寂寞是沉睡的心情、孤獨是笑容裡襯托的心境。

　　活在自己空間時區，無聲情緒都成為自問自答對白。默默耕耘默默遺憾默默偽裝默默讓自己圓滿。我想我們都太勇敢，算不清走了多少路，經歷多少現實梳洗。

　　混沌敲醒恐懼模樣，被風吹襲擱淺在暗礁上，這樣的我們一路小跑尋找花開。儘管逆風，也順著水流前行。

腦海翻騰寬闊模樣，輾轉停留睡夢中，時間是真實永恆，追逐馳騁，燦爛身後總會有我們身影。依然喜歡無奈和煎熬的自己，還有飛蛾撲火付出真心，面對明知不可為而為之的自己……

　　銀河系上的行星成為誰的守護星，我們細數在彼此星空，成為彼此雙眼，黑夜把夢境擱在床頭邊，等待黎明昇起，依舊感受著紅塵煙火。

　　掙扎日子我們都像是一隻刺蝟。

　　刺蝟在面對熟悉的人事物，會收起防備，直到一再確認不會受到傷害，才會收起與生俱來警戒試著靠近你。

我們從小心翼翼走到坦誠相見；我們從循序漸進拼了命伴隨眼淚追著光輝。

　　每當我們迷失在城市裡，與我同行的情緒都調為無聲。包括失去的過往、不願表達的哽咽、沉默寡言的壓力、還有想見不能見的思念……

　　笑著笑著眼淚從何而來，是悲是喜倔強滑過臉龐，抬起頭默許的話哽在喉嚨，幻想過宇宙龐大、幻想過無話不談屬於我們的童話、也想像過美夢盛放的姿態，依然相信不顧一切往前跑變成明日曙光的自己。

每隻刺蝟都有他的脾氣與個性、有他的固執傲慢、有他的溫順乖巧也有他藏在心底細膩溫柔，以及大而化之的魅力……等等。

　　我們越熟識越理解，我們都學著從陌生走向親近。我們走在自己人生課題，不知不覺經歷那麼多風雨，順過了焦慮不安的靈魂，讓故事悄悄編織，倘若前方是荊棘，依然奔向屬於我們的日子。

第十一章
剛好遇見你

「每個瞬間你總是深深守護」

「那些美好成為大海最美珊瑚」

　　你相信世上會有和你相似的靈魂嗎？在這個世間尋找彼此，曾經我以為相似的靈魂是孤獨的兩個人彼此尋找一個出口，或許不用多說什麼你能看透他的傷口。
　　後來發現，我們一個人面對跌跌撞撞，又安安靜靜擦了傷口，生活總是模糊了自己視線，有的時候寧願對自己殘忍一點、犧牲一點。

卻在平行宇宙裡沒有離開過對方。

只因為有人和你碰到相似的事情，有相同的感悟，照亮黑暗成為彼此的光，依舊陪著你前行，即使不說，我相信也會懂。

美好的誓言，是總有人惦記你，把你的名字寫在心裡帶著你前行。我們沒有關係，卻一直保持著一種關係，一種一輩子都不會離開的關係。

我們可以什麼都不是。都不會嫌棄對方，依然覺得對方是最好的。

可以卸下包袱，接受對方不完美，接住對方所有壞情緒以及所有脆弱還有壓抑在心裡不願開口的心裡話。最後原諒每份內心戲。

如果說每個人都有個角色，我會說這樣存在像是鬼怪裡守護者。

　　默默當你需要時都在你身後，靜靜陪著你呼吸。默默留在記憶裡，陪著你去拼湊這些日子裡的美好，再害怕的事情都會陪著你完整，讓笑容多更多。

　　一生走過的事，也願意一起分享走過開始。不管去哪裡飛翔，都會有找到出口的方法，總是叫我別煩心那些痛與怕；即便情緒烙印在失色天空下，你依然照亮世界陪著我勇敢。

我們沒有美與錯，卻總是在尋找與手心貼近的溫度，沒有好或壞，卻陪伴在靠近心跳的默契。

　　很多事情不用多說明，也都很平常。像是溫室裡開出的花，點綴在彼此不完美，用適合溫度靜靜在守候。

　　人這輩子生不帶來死不帶去，唯一帶不走的是修煉的靈魂還有走過的記憶。這些記憶仍在時間歲月前行。

　　遇上的日子，已經是最好的理由。有些情緒像是動人心弦上的旋律，迂迴在腦海，慢慢時間裡，我們都是最好的答案。

面對愛情我們曾在黑夜對視失望、焦慮、不安。我們總是在抗拒，抗拒自己內心習慣一個人、依賴一個人，於是把心門關上，反覆推開反覆確認反覆打亂四季節奏。誰都沒有把握也沒有人敢賭……再受一次傷的命運。

　　誰都不願從形影不離走到遙不可及，看著幸福漸漸沒有了自己輪廓。

　　朋友和我說，她兜兜轉轉遇到了現在老公。過去總把關係處在一個穩定位子，因為珍惜所以怕失去。他們無動於衷大半年。每次離別都是難分難捨，最後擁抱在時間推動下。

突然讓我想到，平行愛情 *The in between*，女主角被親身母親拋棄後，就害怕與人互動與人培養感情後又會被丟棄。

　　有天他一個人看電影，意外來了一名男觀眾，電影結束時，彼此沒有留下任何通訊方式，相隔半年，他們的愛有了延續⋯⋯

　　人死後愛還會存在嗎？答案是會。
　　女主角傷心欲絕，在男主角離開後陸續碰到一些靈異的事情。後來發現男主角只為再與她見一面。

陰陽兩隔之下，兩個人到了彼此回憶最深沉的地方破鏡重圓。彌補遺憾好好說再見。天有天的法則，人類有人類定律。女主角最終選擇留在人間寫上屬於他們的故事。

　　或許心中有愛不管在哪裡，思念都會帶著兩個人前行，因爲愛是無所畏懼，也會繼續延續。

　　爲你赴湯蹈火日子，也甘願爲時間停止。在被你提起的名字，讓我願意愛著你。如果擁抱你豐滿了心，想說的話更靠近呼吸。

第十二章
我和我的那些日子

「完美人生太無聊」

「自信第一步首先學會不完美」

曾經有人和我說，你的笑聲很是豪
邁，也有人說你的笑聲一點都不淑女！也
有人說這是發自內心的在笑。

首先了解我的人從不是名字開始，而
是笑開始。我總是練習如何對自己微笑，
至今如此早上起床看看自己，梳梳頭髮、
擦擦護膚品，讚美自己長顆生理痘也還是
那麼美。

有人問我你覺得美跟帥定義是什麼？我說有眼睛鼻子嘴巴耳朵，都是帥哥美女。

以前我總會拿自己與模特兒做比較，沒有比較沒有傷害，也因為有相較，才知道，自己多麼重要。

完美背後含義是自卑，這句話正確不過。

我身高不到 160 我總羨慕有個大長腿。過去每個夜晚我都會跳高 100 下。為了長高我喝了轉骨湯，增高跳板每天站一個小時。至今沒有長一公分。有天站著站著我省思很久，這麼做到底是為了什麼？

長高的用意在於什麼？過於追求的慾
望，永遠得不到滿足，就像膨脹的氣球，
心是空虛的。大長腿也羨慕小鳥依人，身
材圓潤總盼望穠纖合度自己。

　　我很喜歡 *try* 這首歌。現在社會受主
流文化，感官影響，到底什麼叫漂亮？曾
經有人問我：你覺得你漂亮嗎？我告訴
他：我不是最漂亮，比我漂亮的人很多，
但我長得不差。
　　那天起我不再跳高也不再站增高跳
板。我想長高就穿高跟鞋，不想長高就穿
平底鞋懶人拖。

「美」這個字很攏統，只能由自己定義。當你不再羨慕任何人，才能更認眞看看難得可貴自己。

也因爲不完美才顯得與眾不同，不完美的我們都是獨一無二。
所謂做自己或許就是毫不掩飾大聲笑，活在當下就是做自己表現。

當我抬起頭世界黑白配，有現實殘酷也有面對人生種種課題，曾經我們都想過，就依然故我做自己，不必遷就任何人，更不必成爲誰的誰。

外界聲音太多，沖擊過每份突如其來傾盆大雨。我們總在人生道路上破關斬將，打開技能、提升技能。不斷尋找屬於自己英雄角色。

過去日子有多久伸手不見五指，悲傷的事情總是跟現實有落差，割破四季寧靜，胸口的泥濘建立一座傾城，劃分與世隔絕距離。落下的雨聲深不見底，無數夜晚輕撫臉上滑落痕跡，激起一陣陣漣漪，徘徊瞬間，時間走得輕聲細語。獨自學會自問自答，與身後的影子找存在感。

今晚月亮晚睡著，玄關大廳燈還亮著，我捫心自問，關心著每份情緒，人生除了死一切都是擦傷。

晨曦將昇起，反覆播放每首最愛最愛的歌。我藏匿在軀殼，貼上請勿打擾將自己擱置牆角。仍在它身上賭一次不一樣句號。一個創造不一樣人生的句號。

　　我們都一樣，一樣生活、一樣面對、一樣創造。一邊擦傷一邊療癒
　　一邊擁有一邊失去。
　　帶著堅韌的心去征服這個世界

某一刻我們成為他人最閃耀星星；帶領他人找到回家方向；某些時候我們成為照耀他人使他人成為面向太陽裡的花。讓一個人活著的是不自知溫柔，或許我們都不曉得自己有感染他人生命的能力，漸漸影響我們不知不覺都在為對方抬起頭。即便奔跑在大雨中，也依然相信自己並不孤單。

第十三章
愛在離開後的情書

「想念是上帝寬容道路」

「微光滲透在有你的詩篇」

　　在你踏入第二段婚姻之前猶豫很久很久。你對我說：我受了很大的傷，一個一輩子都不可能會好的傷。

　　在結束第一段婚姻的你，像似丟了靈魂，夜以繼日魂不守舍。總是用酒精釋放自己情緒壓力。把想說的話藏在心底最深處，無人知曉。

　　那時候變得不認識你，同時很心疼你，可是我沒有辦法。

沒有辦法安慰、沒有辦法讀懂，一個人寫的詩成為兩個人的故事。

　　你將照片收在相框背後夾層，一個不願再被提起的連名帶姓，卻深深藏在黑夜，畫上屬於每個輪廓，深信不疑的理由是盼望誰還能為你停住。
　　依然留在故事裡，等待潮起潮落。

　　你還是可以生活，春暖花開鳥叫了；夏天艷陽照射在眼角；秋意深濃滑過臉龐；冬天刺骨在一個人燈光泡影下都在提醒你每件事都要記得緊握回憶。與世隔絕彷彿這個世界再也與你無關，習慣到自己不痛不癢。

過去留下的，春秋都是劇情，感慨卻在翻閱的夜裡，回憶像街燈，愛過幾分的感謝，才不負此生？

　　如今我看見你笑了，為自己再勇敢一次。雖然不知道這次可以走多遠，永遠有幾遠？想幾遠就幾遠。當你人生出現一個那麼重要的人，你能再次相信愛，或許多遠都不再重要。

　　身為子女最大圓滿，就是看著你們一切安好，才能放心飛翔。
　　我會像愛你們那樣去生活，每天和自己相愛，才不會辜負你們對我的愛與好，愛最大回報，就是看著我們都無恙。

這座城市還沒醒過來，我將手機調成靜音，擦起床頭櫃灰塵。咖啡參雜苦澀的香味，讓收音機先開口，像還活在彼此夢裡。

回憶像冰淇淋甜筒，逐漸融化退去，卻在手掌心留下甜膩。

從前照片，笑容好甜，寫好的故事被風剪斷，時間無聲收藏在泛黃日記，承諾要怎麼塗改……

有時候當你習慣一件人事物，有天把他弄丟了，你會開始慌張，並且責怪自己究竟是自己太不懂得珍惜還是不曾擁有過。擁有的時候，我們都有點遲疑，直到存在走到不存在。

我們說服自己越是平靜越是騙不過自己，思念總是在失去後開始躁動，有一萬遍想說的話和太多安慰與牽掛，你我的世界像平行地球儀，站在交界線，卻不曾離開過。

雨天走過的餐館，行駛的末班車，夜晚空氣連呼吸都慌亂。

我會習慣遺憾跨越之間，平淡輕描淡寫丟了四季，依然是你最愛的落葉。

「想」帶著期待開心與祝福

「念」帶著不捨遺憾與惦記

或許美好事物只能想不能念，你是路過哪顆行星將褪色情節遞上的清晰

在不遠也不近，再想起是曾溫柔成為彼此白月光。

Just for you

Thank you

第十四章
變色龍上衣

「別害怕一個人待著也覺得舒服」

「獨自前行也不忘發光即便在黑暗處」

　　台北很繁榮，人們表情有些嚴肅，顯得有些距離。

　　在繁忙城市腳步多些急促，雍塞路段，擁擠交通穿越大街小巷，走過車水馬龍，散步在人來人往也變得有些急性子。

　　俯瞰城市的人們，不熄滅的夜城，生活成碎片，拼湊時間能搭上的忙碌。忙裡偷閒幾個小時跟隨熱潮幾個景點。

光復南路信義路交接口天橋拆除了，它陪伴我走入歷史，上下班車流的雍塞，人來人往的擦身而過，在每個人心裡都跟著時間延續。延續不間斷習慣性經過的常態。

　　第一次到香港搭上手扶梯，速度 20-30 很快的把我送上去。

　　我從來沒有搭過那麼快手扶梯，他們連手扶梯時間也拿捏綽綽有餘。

　　香港朋友說，他們都不敢想像能在香港買房子，光租房子費用就很可觀。省吃儉用下才足以撐起能過的生活。在香港劏房很多，他們習慣這樣狀態，你說在現實考驗不得不接受，

　　因為在這個社會從來都是弱肉強食法則，我們在這個社會不管在哪裡，待久就麻痺。就像台北也一樣，美國也是。

我們就像是變色龍，隨著時代變遷，跟著身分學著堅強。我們總在適應變幻莫測天氣，塵土下不停拉扯，沒日沒夜為了生活眺望遠方。城市變得太快，每個人都渴望站上燈塔，眼神沉默卻等著奇蹟。

　　一層層不曾退去五顏六色皮衣，我們都在找適合匹配顏色，隨著心情溫度而改變，周遭環境讓自己成相似，表面上的保護色，我們都是從赤裸裸透明開始。奮不顧身的天真，命運面前我們都學不會投降。也因為我們保護意識很強，在殘酷天秤中，我們總是在找屬於自己平衡，能讓自己溫飽同時擔得起肩膀責任的平衡。

有人說這世上如果想戰勝，必須做自己王者，沒有盡頭不能回頭。

有人說這世上你不夠努力，就會開始被淘汰只能不斷超越著昨天。

人生有太多礙與傷害。包覆在傳統想像，卻又顛覆在自己理想與夢想中。有人傷了自尊丟了面子，有人含著淚埋頭苦幹，卻一再接受許多人傳遞的眼光。有人接受命運一再治癒生活給的傷。

　　我們都在呼吸這一切，我們都值得，
值得擁有努力得來一切。值得被世間仰望
被人們看見，值得被世界掌聲，值得夢寐
　　以求約定都會和你有延續。
　　辛苦得來不易自己，辛苦破繭成蝶自
己。面對生活都有活下去勇氣而不是只是
活過來。辛苦有瑕疵的自己在世俗裡都有
　　　　一顆被接納勇敢的心。

第十五章
天使的責任

「有些故事還來不及開始就被寫成昨天」

「回憶一次次飛行卻讓愛更加虔誠」

　　天堂有多遠？在你來到我們生命 12 年時間，堅強的你，最後選擇用不同方式讓愛存在。

　　過去我是名副其實貓奴，當我人生有了第一隻狗狗，從此改變了我的人生。直到「善終」離別前奏我很想抓住你，坦然的心傾吐可不可以不要走，我該怎麼面對消失的你。

　　日復一日堆積，讓我願意帶著炙熱的心帶你去看看世界有多大。

離別前四天，你開始戒掉貪吃這個習慣，吐了一口黃色液體以及一大口白泡沫。當下我心裡有數，你可能這幾天就會選擇想離開日子。

　　離別第一天看你還能走動精神還算活躍，我選擇用灌食方式，能讓你食得下嚥，讓你再次愛上你愛的食物。沒多久你把它吐了出來，那天的你只想喝水。在家裡走了一輪又一輪。晚上我把你抱到身旁摸摸你告訴你不痛與你道晚安。

　　那天開始你都不再閉眼……

離別第二天看著你病懨懨樣子，開始不想走路。我嘗試再次餵食，沒多久你又吐了出來。

我和你說：我不會餵你，但是想吃要記得吃。

晚上你很吃力從籠子走了下來，默默走到我會上樓樓梯口，回眸望著我帶著不捨輕輕叫聲。

那晚燈光下跑進了很多灰白色飛蛾以及特別大隻褐色帶有斑點蝴蝶。

我把你抱在懷中上樓哄著你，眼睛充滿血絲的你，視線總是離不開我。

我知道你有很多話想說
你盡力了，我都懂。

離別前一天軟趴趴的你，那個晚上我抱著你看看人間最後一次風景。

　　摸摸樹，看看我們平常散步角落。

　　難掩情緒叫著你的名字，卻希望你還能陪我好久好久⋯⋯

　　或許在天堂沒有不快樂的小朋友，你最愛出去玩了，那邊有好多好多小朋友陪伴你。你最怕黑狗了，因為你之前被咬過，可是你又好勇敢人小志氣高，會保護我們。你最怕鞭炮跟打雷了，不要害怕，上面都沒有。最後不要被欺負了⋯⋯（和你說了好多話⋯⋯）

　　晚上你爬到我腳邊，躺在有我味道的外套上。

最後一次把你抱在懷中，你開始大口大口喘氣，器官漸漸衰竭同時我知道你捨不得離開才會喘的特別厲害。

　　早上七點多我到你的窩摸了摸你最後一次，你喘了最後一口氣，帶著不捨輕輕哀嚎，我歇一會兒，你也跟著睡著了，我們一起睡著了……
　　再看你已剩下空殼的身軀，連離開都不肯閉眼的你。我竟然闔不上你的雙眼……

　　謝謝你用你的靈魂溫暖我們，告訴我們你沒什麼不敢。至今我依然感受的到你，聞得到你氣息，或許這就是愛的證明，我在哪裡，你就在哪裡。

有些事情無聲無息走進你的生命，也突如其來進到了你的生活，當你來到我的生命中，上帝牽你的手走進了我的夢，爲我的天空畫上彩虹，你的出現怦然心動。停住了世界大雨……

　　你總是遠遠觀望看著我，撫平了我的傷痛，輕輕用你的頭你的腳在磨蹭撒嬌，相擁在無數夜晚。

　　你選擇用不同靈魂，代替眼神裡的天眞，和我幻想一起去放縱促成一生；你總是默默守護了寂寞，逆著光轉動，玄關陽台還亮著燈，留下了你的咕嚕打呼聲。

看著你帶著傻氣臉孔，情緒沸騰也化成平衡，你是我誠懇面對無聲的感動。我嘗試學習不再一個人，將生活放大無限美好可能。

　　只見你活得輕鬆認真，對我來說就是面對生活追求中最大的勇氣。

　　即便你輕聲低語讓愛跟著風遠遠去旅行，想念讓緣分不再只是短暫的剩下風景。

　　我依然會為你溫柔燃起過境，像是花開聆聽四季，雖然我們在不同地方，但是我知道天使會擁抱你延續疼你責任。

我們看著同片天空畫出屬於我們的彩虹，你是我最美天使。無論在哪裡你仍然在我心中讓愛變得更加虔誠。

第十六章
互不打擾的朋友

「我慢慢學著把寂寞當成你」

「不打擾是彼此最後的溫柔」

　　有沒有一種關係一份感情還是某個人，彼此突然失去以往熱絡。沒有原因也沒有淡忘，默契成為「互不打擾的朋友」。
　　曾經有個實習好朋友和我說：不知道為什麼我們變得有點冷淡，我們怎麼了嗎？我說：沒有怎麼了，不要想太多。
　　回想起來，是真的沒有怎麼了，沒有爭執吵架或不滿，通通都沒有。

我思考很久，或許所有感情都需要經過淬煉，留下的是精萃。

　　我是一個很喜歡喝湯的人，或許就是這個道理，一碗好的湯，需要長時間燉熬，喝下每口便是精華。

　　很多事情沒有原因來去，回頭望從陌生再走到陌生，好像不曾離開過，如今淡淡：你最近好嗎？你好嗎？

　　過得好嗎？最近如何？等等……

　　彼此同時站回原點，心裡養分重新助燃，昇華的有時候不是一份關係一個人，而是彼此都在彼此心裡，依然平淡惦記著。

妳說和男朋友論及婚嫁，最後沒原因也不再聯絡。

　　走了將近七年時間，回頭看看走了那麼遠。有很多百思不得其解困惑也有心有不甘到達不了的盡頭。

　　徹夜難眠，少了個人能說話，心總是空蕩蕩。

　　或許愛到最後留下的理由都不是理由，我知道終究有分開的時候，如果真的要歸咎就是我們再愛上的時候。

　　人海茫茫看見彼此回頭，我一直走卻開不了口，慌亂了冷風吹來節奏，情緒黑夜散落眼前四周，站在回憶背後，模糊了……如今看著彼此都是下雨天……

深夜尋找彼此存在身影，在彼此的世界失去平衡，窗外伴隨雨聲敲醒房門，轉接語音變得好陌生。我開始逃避不想承認，在第幾個冬季我是真的失去他了。

　　我們總是讓自己練習一遍又一遍，在想起能夠坦然面對，日子一天一天過，轉眼就是四年……

　　如今看著他有新戀情，我才知道這不是道別，是我要說的很多感謝，謝謝你出現在我的世界帶給我快樂，謝謝你愛過我並且接受了我的愛，謝謝你留下的回憶，過去走過的人行道成為一個人走的單向道，我會好好珍藏。

你的笑容像是午後暖陽，深深刻在臉上成為我微笑氧氣。海浪拍打著思緒，微風安撫著情緒，坐在屬於你的位子，穿著你最愛的鮮紅衣裙，或許我也忘了上次離別是星期幾，已讀不回空窗了多久，曾經愛的多深，如今換了一生卻執著愚人，緣分那麼深，趟過那麼真。誰不是寂寞的等待著對的人能過完餘生。謝謝你讓我知道，終究有一天我能夠放手讓你離去。

　　我慢慢學著把寂寞當成你，有多久就這樣開始，習慣的慢慢的也接受著
　　什麼時候成為了互不打擾的好朋友。

每個人心中都會有一個互不打擾的朋友，捨不得刪除也不願拉黑，太前進太多餘，向後退卻又捨不得，彼此安於現狀，都不願承認還是會想起他。

　　你的聲音在遙遠曾經，當時的我們都太年輕。牽起手的場景，讓人哭紅的結局，安靜或許也是一種關係。

　　連最後「不打擾」都想把溫柔留給對方。
　　只求彼此一切都好。

第十七章
有溫度晚餐

「你在哪家就在哪」

「美好日子是有你參雜的味道」

生活在農業時代很不容易，燒柴炊飯，稻穀從田間收回需要長時間日曬，在不斷搗壓一顆顆剝離。

在你煮飯同時兼顧多個小孩。幫每個小孩帶便當，就連我也不例外。

每當我打開便當盒，便當蓋總是卡緊在飯菜，飯菜總是滲透在盒子外。你總是怕我餓，餓到有時候不得不分給同學吃。

同學都不經說：你阿嬤餵豬喔！

有時候會參雜幾根頭髮，有時候不小心失手油放太多了，有時候麵還是會有點硬，有時候吃的比較重口味。

　　每當聽到同學討論吃著牛小排、炸雞排、麥當勞，而我都在猜測今天一定是蝦仁、雞肉絲炒飯，不然就是炒麵。雞肉絲你總是一絲一絲剝，有的時候還會攪和著骨頭。

　　至今還能吃到你煮的晚飯，我很滿足。每當我跟你說我想吃蕃茄蛋、炒茄子、滷白菜，隔天在飯桌上都看得到。還記得小時候我最喜歡醬油配飯、豬油拌飯、肉鬆配稀飯。你總是記得肉鬆一定要加海苔，櫃子裡不曾缺席。

最幸福的事就是有個人總是為你掛心。每當過年，我們這些小孩都很期待吃到你滷菜頭滷掛菜，以及你最拿手燉雞湯等等。

你總是怕我們吃不夠，滿桌子看不到一絲隙縫。

你說：如果能夠吃完我會很高興。

看這樣子我們每年都得吃上三天，才算清空。

或許在人們口中山珍海味最後都成為杯盤狼藉的剩食，阿嬤的味道是人盡皆知讓人大快朵頤食不求甘的滋味，添加了驕傲與感動，流藏在每個小孩心裡，成為獨一無二的盛食。

這份單純美好刻在回憶與故事背後，難以忘懷的味蕾，蘊藏日積月累
　　你對我們濃濃的愛。

　　我還記得第一次看「有你眞好」這部電影，眼淚像瀑布般洶湧。
　　你戴著老花眼鏡縫著每件衣服褲子、夏天流著汗只爲了溫飽我們。第一次教你寫字，嘴裡邊唸邊寫，雖然大大醜醜但是你總是好努力。

　　好努力把最好留給我們，好努力無條件給予我們最大最多的愛與溫暖。好努力擔心我們好不好有沒有吃飽穿暖。好努力生氣沒有照顧好身體感冒生病了……

生活是你努力記得每個注視，細心溫柔添上的調味品。

　　每當現實教會我懂事，你總是有辦法讓我的心重新開始編織而踏實。

　　我嘗試將你走過的路寫成我們故事，能夠在想你時候不停滯；我學著解釋這些日子都是你最美樣子。如果說愛你是靈魂相遇找到你，刻在我記憶的你有多美麗。

　　你總是細心呵護這樣的我。

　　一個背負父親職責母親責任阿嬤角色談心好朋友。卻依然告訴我「你在哪家就在哪」在你身旁我可以無止盡做回小孩的我。

第十八章
貓走在回家方向

「我想有個家」

「城市裡住著霓虹門前窗外亮著燈」

貓咪是一個很特別的動物。

過去我養過了兩隻貓，很幸運的是都很乖巧黏人。也具有很強烈的靈性，第一隻貓會跟我一起流淚，他能讀懂我所有情緒，他的個性算平穩，不會過於高亢興奮，也不會製造太多麻煩。更重要的是摸太久抱太久不會反擊。他最大的特色就是眼睛像彈珠一樣透明清澈又圓潤。帶回來時，就已經會在貓砂上廁所，非常有規矩。

與他道別後迎來了第二隻貓。

早上八點鬧鐘一響會到我身旁用手抓抓我，叫我起床。晚上關燈，他都會跳到我肚子上踩踏，生活作息都跟著我規律。

他非常調皮活潑，也算是很感恩的小孩，有一次竟然坐在我面前叼隻活蟑螂給我，平常都是叼著玩具老鼠或者娃娃。後來蟑螂被玩死了（我只有滿頭問號？）……

三不五時隔著透明窗對小鳥喃喃自語。卻不敢離開門外幾公尺，你會感到慌恐不安，很迅速就會跑回家。

每當有陌生人接近，你總是一再確認熟悉的氣息，才能安穩做回自己。

　　我在吃飯，也都要坐在身旁分一杯羹，很樂在其中忽然間暴衝來暴衝去……有的時候我都很想問：你的腳還好嗎？

　　而有的貓咪太過霸道，會在電視機、床墊床鋪亂大小便，與主人爭地盤，吸引你強烈注意力。

　　他們給我的感受，與狗狗不同。
　　結論是都不愛洗澡，吹風機一打開就是暴走。

忍痛是貓咪生存之道，他們忍痛力極高。似乎感覺不到他們有什麼不對勁地方，他們不擅長表達，卻總是一再掩飾自己痛苦與掙扎。

　　或許就像山邊天氣，隱藏自己選擇用明天心情代替，卻忘了抬頭處理身上不安，心情變換由他們決定。

　　總是小心翼翼，善於偽裝任何有關痛的感官情緒。

　　我曾經親眼目睹，一隻貓咪被汽車輾壓後腹部以及下腳，那隻貓咪卻沒有嘶嚎聲，帶著僅存意志力和一絲力氣又爬又跳到大樓內停車場。躲在機車下，只為了不讓任何人發現以及看見他模樣。

後來我找到了他，堅強到讓人心疼……輕輕看著我……一邊喘著氣一邊忍下不願流下的眼淚……我的眼淚跟著他離開，直到嚥下最後一口氣，我看著動保處來接待。

與他們道別後，我開始關注家裡附近流浪貓，名叫小花。

以前我總是會覺得流浪狗流浪貓，沒有家是一件很令人心疼的事情。後來我明白，他們習慣了這樣生活方式，在他們熟悉環境下渡過。如果有緣或許那個家不再一樣，如果沒有，自由自在便是他們安於一生模樣的家。

他很慵懶，常常在人家車頂睡覺。

每當叫了叫他，他總是跑了過來。慶幸的是疼愛他的人很多，他的體態非常非常好。

人生一定要養過一隻寵物，就會明白靈魂窗口因他們而打開。他們會告訴你愛不再只是本能。而是發自內心想去細心呵護。

認定了就是一輩子，在他們心裡眼裡，我們就是他們歸宿。只是他們不會表達，卻有療癒心靈本事，不變的事是寵物都想試圖告訴：他有多麼多麼愛，以及想去愛……我們。

124

第十九章
海鷗批上的翅膀

「每個人心中都有一份信仰」

「它會帶領你到達目的地」

我們心裡都住著一個小孩,那個小孩藏著我們心裡最深層狀態。

也許是受過傷卻依然保有童貞對世界充滿期待;也許是帶著固執韌性通向終點尋找人生故事。

即便狂風巨浪也乘風破浪。

曾經有人問我:你人生有遺憾嗎?

有後悔過什麼事發生嗎?如果能回到 *20* 歲你最想完成什麼事?

如果能回到 20 歲我沒有想完成什麼事，當時與現在想法不同，那時的我還是會那樣子過生活。

　　在我的人生裡沒有任何遺憾，好的不好的我也都照樣活，更不會後悔什麼事發生。

　　每個人註定該發生的事避免不了。
　　我常常覺得這是老天給人們一種進化論表現。

　　後來短短插上一句卻分享著：如果能回到 20 歲你最想出國遊學，帶媽媽去日本看紫藤花。

所以媽媽不在你就不去看紫藤花？

她都不在了……我去沒有任何意義。

你去才有意義。

　　每個人心中都有一份信仰，那份信仰
或許是妻兒老小、對宗教秉持希望、一個
微小物件、一句不起眼字眼、一個深深擁
抱……等等。
　　都可能點燃心中光害成為我們信仰，
指引我們到達想到達的彼岸。

　　綿綿細雨傍晚，當時我走在路上，看
上去有一群和善的人們，迎面而來。

給了我一張：信耶穌得永生紙張。

你們說：你相信耶穌嗎？我來為你傳
福音好嗎？

當你覺得迷茫你可以呼喊主耶穌，他
會聽得到，祝福你喔！

當你們感到害怕時，是耶穌帶領找到
光，信誓旦旦你們嘴角多了許多微笑。

坐在我身旁一位中年婦人，與我分享
他整顆心都在一貫道道場故事，在那裡你
說能使你平靜。

你相信這份力量，而獲得救贖。

我們總在失望中找方法，讓心裡小孩和自己茁壯，與世界萬物達到一個平衡。沒有衝突沒有不安沒有恐懼。

　　在一個言語自由國家，每個人都有發表言論權利，有很多人喜歡你，也會有很多人不喜歡你。

　　網路時代顯而易見，總在提醒人們學著堅強，做一個不被影響的人。

　　海鷗在海島遇上住在巷弄裡的燕子。

　　燕了對海鷗說：「我常到你這住所，你卻不到我那裡去，爲什麼呢？」

海鷗說：「因為我性情孤傲且不願受到拘束，不喜歡依靠著人來生活。」

燕子：「我依靠著人來居住，所以在狂風中得到屏障，冷雨中得到遮蔽，烈日下得到庇護。這樣看來，你生活得真困苦啊！」

海鷗：「我看似困苦，卻能像沒有困苦一樣生存，不像你生活在隱藏的困苦中卻看不見。」

燕子：「我得以依靠人生活，是因為人們不討厭我，而且還愛護我。你認為我有困苦，是嫉妒我被人愛護吧？」

海鷗說：「你說說看，人們對我是愛護呢？還是討厭呢？」

燕子說：「兩種感情都沒有。」

海鷗說：「我孤傲而不受拘束，自由閒適，人們的好惡根本不足為論。即使以人的好惡為論，因為我沒有受人愛護，所以也不會被人厭惡。那反過來說，被人愛護（也就會被人厭惡），其實是多麼危險啊！」

燕子聽不懂而離去。後來，巷子裡的人正在吃飯時，燕子所銜泥土污染了他們的湯飯，他們便發怒趕走了燕子。這個時候，燕子終於體會到海鷗的話了。

一則刻在我心裡故事，願人生道路上，我們都做一隻不屈不撓，因自己而強大，恐懼吹向大海，面向蔚藍也不怕迷失，依舊飛向屬於自己航道，披上翅膀到哪裡都是光的海鷗。

信仰，會提醒你奔跑。
即便黑夜，含著淚也會微笑。

第二十章
這個世界歸功於你

「這個世界沒有你們就沒有我」

「總是提醒我到底是誰」

　　我能看見就在我眼前，有一道將昇起的曙光，是救贖還是愛是希望。
　　是溫柔的你們擁抱蔚藍天空，所有酸甜苦辣都寫著我們曾走過的春夏秋冬。
　　你們是太陽、是半弦月，黑暗來臨時前方的照明燈。陪我渡過世界漆黑混亂。時間小心翼翼告訴我陪伴是多麼的珍貴且重要的事。

這些日子以來發生每件事有如過山車起承轉合，卻滿懷真心而來。

　　時間的輪廓，在臉上雕琢出年輪月色，人生踱步在幾場秋夏，微風輕輕吻吻在塵世下，走在冷風中，依偎在人海中漫遊。

　　耗盡時間裡日子平凡無奇，青春歲月有你有我走過的距離和刻上的名字，我們都在感受著過程溫度。

　　走在繁華喧囂，是陽光、空氣、水，漂泊在人海階梯，影子也緊緊跟隨。讓我在平凡世界中變得茁壯，每當我回頭，你們總是告訴我不曾離開過，提醒我到底是誰。

相遇那刻開始，或許我就沒有想過會分開，人生好短，短到說不出再見，是爲了還能相遇。

　　我知道我們都捨不得，看彼此難過，才一再假裝堅強選擇沉默用自己愛的方式去守候，能夠遇見，我感動不已。世間萬物因緣和合，那瞬間便種下緣分種子，打開了彼此世界。

　　緣起緣滅，請替我將自己照顧好。

　　當我再次看見你，一句你過得好嗎？別來無恙，或許就是對待彼此都是沒有遺憾的愛。我想沒有遺憾的愛，就是把自己最好的都給了最愛的人，才不負眾望，再次相遇也能輕輕說出好久不見。

即便天人永隔，即便故事來不及延續，下輩子如果有緣，我們會再相遇。今生能相遇，我心存感激。

陪著你的人讓你明白什麼叫相知相惜，這份陪伴是歲月裡的相識而笑，微風輕拂一陣陣寧靜，讓你擁抱晚霞，唱出絢爛的一首歌。

離開你的人，像是剪接片段的光影，倒影在人群一盞路燈，事事難料成為餘生裡一句安好無恙。

你問我害怕死亡嗎？我不害怕。死亡是賭注裡的輪盤，運轉著每天事情發生，是時間裡的放大鏡。放大一個人情緒波動、放大一個人生活節奏、放大情感裡的愛恨情仇、放大事情一體兩面……

而我們每天都離死亡更接近。所幸的是我們都相同。相同的 24 小時；相同面對事與願違；相同生老病死。人生該經歷

的一切都相同，所以在死亡裡不孤單，就
好。

　　有人說在世上，你不管多晚，都會有
人等你回家，你只能不斷往前跑。
　　一顆心在跳動，身體拼了命，淋濕在
世界鏡頭。

　　我們總是慢慢習慣每個夜晚，天空曲
　　　　折在夜色，顯得更加寂靜。
　　熟悉道路上，無窮與無盡，延伸未來
時空祕境。
　　是什麼驕傲放縱促使我們的腳步抵
抗，學會與不完美自己共存。
　　屈服在身後，有個淹沒澎湃的心在洶
湧，背包裡藏著滿滿韌性，全都是我們的
期盼與美夢。

　　我們千里迢迢走到了今生今世，一句話暈染著天晴，彼此之間經歷四季花開花落，只為了停留在有你有我風景。時間是永恆的痕跡，在記憶裡手寫著深情，幾年後依舊清晰，腦海裡

　　不曾忘記，擁抱在輪迴中，今生只為看彼此一眼。

　　一切都是最美的安排，安排在每個該出現的天時地利人和。

這一篇獻給我的家人朋友、寵物以及
與我結下緣的親愛讀者和自己。
謝謝你們花時間讀完，謝謝你們走進
我生命中。

因為有你們我才能不顧一切做我自
己，相遇每個時候都待我如初，因為不變
的初心，讓愛變得堅強而牢固。
It's a beautiful life beautiful day
beautiful love。

這個世界歸功於你，因為你，我才能
奮不顧身，讓青春寫上屬於彼此的名字與
最好。

成為我今生最好最好最好的禮物

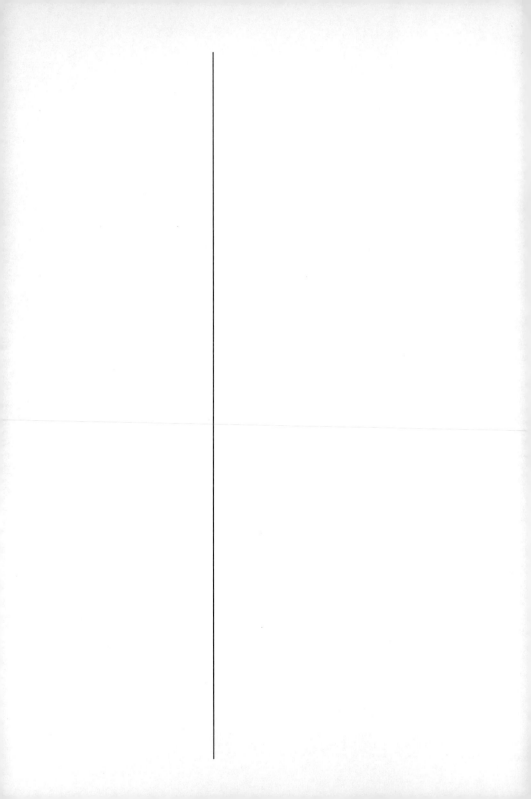

關於作者

國家圖書館出版品預行編目資料

這個世界歸功於你／Ean 連苡安著. --初版.--臺中
市：印書小舖，2024.2
面；　公分
ISBN 978-986-6659-76-8（平裝）

863.55　　　　　　　　　　112022319

這個世界歸功於你

作　　者　Ean 連苡安
校　　對　Ean 連苡安
發 行 人　張輝潭
出版發行　印書小舖
　　　　　412台中市大里區科技路1號8樓之2（台中軟體園區）
　　　　　出版專線：（04）2496-5995　　傳眞：（04）2496-9901
　　　　　401台中市東區和平街228巷44號（經銷部）
　　　　　購書專線：（04）2220-8589　　傳眞：（04）2220-8505
專案主編　林榮威
出版編印　林榮威、陳逸儒、黃麗穎、水邊、陳婷婷、李婕、林金郎
設計創意　張禮南、何佳諠
經紀企劃　張輝潭、徐錦淳、林尉儒
經銷推廣　李莉吟、莊博亞、劉育姍、林政泓
行銷宣傳　黃姿虹、沈若瑜
營運管理　曾千熏、羅禎琳
印　　刷　百通科技股份有限公司
初版一刷　2024 年 2 月
定　　價　300 元

缺頁或破損請寄回更換
本書內容不代表出版單位立場，版權歸作者所有，內容權責由作者自負